O Pequeno Príncipe

ANTOINE DE SAINT-EXUPÉRY

O Pequeno Príncipe

Principis

Esta é uma publicação Principis, selo exclusivo da Ciranda Cultural
© 2025 Ciranda Cultural Editora e Distribuidora Ltda.

Traduzido do original em francês
Le Petit Prince

Produção editorial e projeto gráfico
Ciranda Cultural

Texto
Antoine de Saint-Exupéry

Ilustrações de capa e miolo
Antoine de Saint-Exupéry

Tradução
Ângela das Neves

Dados Internacionais de Catalogação na Publicação (CIP) de acordo com ISBD

S137p	Saint-Exupéry, Antoine de
	O Pequeno Príncipe / Antoine de Saint-Exupéry ; ilustrado por Antoine de Saint-Exupéry ; traduzido por Ângela das Neves. - Jandira, SP : Principis, 2025.
	96 p.: il; 15,50 x 22,60cm. (Clássicos da literatura mundial).
	Título original: Le petit prince.
	ISBN: 978-65-5097-303-2
	1. Literatura infantojuvenil. 2.Clássicos da literatura. 3. Emoções. 4. Inspiração. I. Neves, Ângela das. II. Título. III. Série.
2025-2449	CDD 028.5
	CDU 82-93

Elaborada por Lucio Feitosa - CRB-8/8803

Índice para catálogo sistemático:
1. Literatura infantojuvenil : 028.5
2. Literatura infantojuvenil : 82-93

1ª edição em 2025
www.cirandacultural.com.br
Todos os direitos reservados.
Nenhuma parte desta publicação pode ser reproduzida, arquivada em sistema de busca ou transmitida por qualquer meio, seja ele eletrônico, fotocópia, gravação ou outros, sem prévia autorização do detentor dos direitos, e não pode circular encadernada ou encapada de maneira distinta daquela em que foi publicada, ou sem que as mesmas condições sejam impostas aos compradores subsequentes.

A Léon Werth.

Peço desculpas às crianças por ter dedicado este livro a um adulto. Tenho uma boa razão: esse adulto é o melhor amigo que tive no mundo. Tenho outra razão: esse adulto consegue entender tudo, até os livros para crianças. Tenho uma terceira razão: esse adulto mora na França, onde sente fome e frio. Ele precisa de muito consolo. Se todas essas razões não são suficientes, quero então dedicar este livro à criança que esse adulto foi. Todos os adultos foram primeiramente crianças. (Mas poucos deles se lembram disso.) Corrijo, portanto, minha dedicatória:

A Léon Werth,
quando era um garotinho.

1

Quando eu tinha 6 anos, vi, certa vez, uma imagem magnífica num livro sobre a floresta virgem que se chamava *Histórias vividas*. Representava uma jiboia devorando uma fera. Aqui está a cópia do desenho.

Dizia-se no livro: "As jiboias devoram sua presa inteirinha, sem mastigá-la. Em seguida, elas não conseguem se mover e dormem durante os seis meses de sua digestão".

Então pensei muito nas aventuras da floresta, e eu mesmo consegui, com um lápis de cor, traçar meu primeiro desenho. Meu desenho número um. Ele era assim:

Antoine de Saint-Exupéry

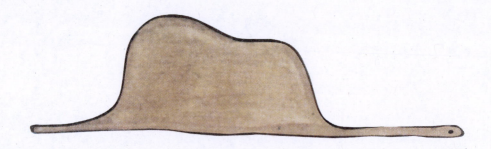

Mostrei minha obra-prima aos adultos e lhes perguntei se meu desenho lhes dava medo. Eles me responderam: "Por que um chapéu causaria medo?".

Meu desenho não representava um chapéu. Representava uma jiboia digerindo um elefante. Então desenhei a parte interna da jiboia, para que os adultos pudessem entender. Eles sempre precisam de explicações. Meu desenho número dois era assim:

Os adultos me recomendaram que deixasse de lado os desenhos de jiboias abertas ou fechadas e que me interessasse mais pela geografia, pela história, pelo cálculo e pela gramática. Foi assim que abandonei, aos 6 anos de idade, uma magnífica carreira de pintor. Tinha sido desmotivado pelo fracasso de meu desenho número um e de meu desenho número dois. Os adultos nunca entendem nada sozinhos; é cansativo para as crianças ficar sempre e a toda hora lhes dando explicações.

Tive, portanto, de escolher outra profissão, e aprendi a pilotar aviões. Voei praticamente por todos os cantos do mundo. E a geografia, é certo, me serviu muito. Só de olhar, eu sabia distinguir a China do Arizona. É muito útil, se a gente se perder durante a noite.

Por isso, eu tive, ao longo da minha vida, contatos com um monte de gente séria. Vivi muito entre os adultos. Eu os vi de muito perto. Isso não melhorou minha opinião.

Quando encontrava uma pessoa adulta que me parecia um pouco lúcida, eu testava com ela o meu desenho número um, que sempre mantive comigo. Queria saber se ela era realmente compreensiva. Mas a pessoa sempre me respondia: "É um chapéu". Então eu não lhe falava nem de jiboias, nem de florestas virgens, nem de estrelas. Eu me colocava à sua altura e lhe falava de *bridge*, de golfe, da política e de gravatas. E ela ficava bem contente de conhecer um homem tão sensato...

2

Vivi então sozinho, sem ninguém com quem falar realmente, até uma pane no deserto do Saara, há seis anos. Alguma coisa quebrou no meu motor. E como não tinha comigo nem mecânico nem passageiros, eu me preparei para tentar fazer, sozinho, um conserto difícil. Era para mim uma questão de vida ou morte. Eu quase não tinha água para beber durante oito dias.

Na primeira noite, adormeci no chão, a mil milhas de qualquer terra habitada. Estava bem mais isolado que um náufrago sobre uma jangada no meio do oceano. Então você imagina a minha surpresa, ao nascer do dia, quando uma estranha vozinha me acordou. Ela dizia:

— Por favor... desenhe um carneiro para mim!

— Como?

— Desenhe um carneiro para mim...

Pulei como se tivesse sido atingido por um raio. Esfreguei bem os olhos. Olhei bem. E vi um homenzinho realmente extraordinário que me olhava com gravidade.

Aqui está o melhor retrato que, mais tarde, consegui fazer dele. Mas meu desenho, é claro, é bem menos encantador que o modelo. Isso não é culpa minha. Fui desmotivado na minha carreira de pintor pelos adultos, aos 6 anos de idade, e não aprendi a desenhar nada, exceto jiboias fechadas e jiboias abertas.

*Aqui está o melhor retrato que,
mais tarde, consegui fazer dele.*

Eu olhava, portanto, essa aparição com olhos arregalados de espanto. Não se esqueça de que eu estava a mil milhas de qualquer região habitada. Mas o homenzinho não parecia nem perdido, nem cansado, nem morto de fome, nem de sede, nem morto de medo. Ele não aparentava em nada uma criança perdida no meio do deserto, a mil milhas de qualquer região habitada. Quando enfim consegui falar, eu lhe disse:

— Mas... o que você está fazendo aí?

E ele repetiu então, bem calmamente, como uma coisa muito séria:

— Por favor... desenhe um carneiro para mim...

Quando o mistério é impressionante demais, não se ousa desobedecer. Por mais absurdo que isso me parecesse, a mil milhas de todos os lugares habitados e correndo risco de morte, tirei do bolso uma folha de papel e uma caneta. Mas logo me lembrei de que eu tinha estudado principalmente geografia, história, cálculo e gramática, então disse ao homenzinho (com um pouco de mau humor) que eu não sabia desenhar. Ele me respondeu:

— Não tem problema. Desenhe um carneiro para mim.

Como eu nunca tinha desenhado um carneiro, refiz, para ele, um dos dois únicos desenhos de que eu era capaz. Aquele da jiboia fechada. E fiquei estupefato de ouvir o homenzinho me responder:

— Não! Não! Não quero um elefante dentro de uma jiboia. Uma jiboia é muito perigosa e um elefante é muito volumoso. Na minha casa é tudo pequeno. Preciso de um carneiro.

Desenhe um carneiro para mim.

Então eu desenhei.

Ele olhou atentamente e depois:

— Não! Esse aí já está muito doente. Faça outro.

Eu desenhei.

Meu amigo sorriu de forma gentil e com complacência:

— Está vendo... não é um carneiro, é um muflão. Ele tem chifres...

Refiz mais uma vez meu desenho. Mas ele foi recusado, como os anteriores:

— Esse aí é muito velho. Quero um carneiro que viva muito tempo.

Então, sem paciência, como eu tinha pressa de começar a desmontagem do meu motor, rabisquei este desenho:

E eu lancei:

— Isso é a caixa. O carneiro que você quer está dentro dela.

Mas fiquei bem surpreso de ver se iluminar o rosto do meu jovem juiz:

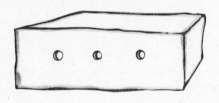

— É exatamente assim que eu queria! Você acredita que seja necessária muita grama para esse carneiro?

– Por quê?

– Porque na minha casa é tudo pequeno...

– Será suficiente, certamente. Eu lhe dei um carneiro bem pequeno.

Ele inclinou a cabeça para o desenho:

– Não tão pequeno assim... Veja! Ele adormeceu...

E foi assim que conheci o pequeno príncipe.

3

Precisei de muito tempo para entender de onde ele vinha. O pequeno príncipe, que me fazia muitas perguntas, não parecia ouvir as minhas. Foram palavras pronunciadas por acaso que, pouco a pouco, me revelaram tudo. Assim, quando ele percebeu pela primeira vez meu avião (eu não desenharia meu avião, é um desenho complicado demais para mim), perguntou-me:

— O que é aquela coisa ali?

— Não é uma coisa. Isso voa. É um avião. É meu avião.

E eu estava orgulhoso de fazê-lo saber que eu voava. Então ele gritou:

— Como? Você caiu do céu!

— Sim — assinalei modestamente.

— Ah, isso é engraçado!

E o pequeno príncipe deu uma bela gargalhada que me irritou bastante. Desejo que levem minhas desgraças a sério. Depois ele acrescentou:

— Então você também vem do céu! De que planeta você é?

Logo notei um clarão no mistério de sua presença e perguntei bruscamente:

— Então você vem de outro planeta?

Mas ele não me respondeu. Ele balançava a cabeça calmamente, enquanto olhava meu avião.

— É verdade que, lá de cima, você não pode ter vindo de muito longe...

E ele se meteu num devaneio que durou muito tempo. Em seguida, tirando meu carneiro de seu bolso, mergulhou na contemplação de seu tesouro.

Imagine o quanto eu tinha ficado intrigado com essa meia confidência sobre "os outros planetas". Eu me esforcei, então, para saber mais a respeito:

— De onde você vem, meu homenzinho? Onde é a "sua casa"? Para onde você quer levar meu carneiro?

Ele me respondeu após um silêncio meditativo:

— O que é bom, com a caixa que você me deu, é que à noite ela servirá de abrigo.

— Claro. E se você for bonzinho, eu lhe darei também uma corda para prendê-lo durante o dia. E uma estaca.

A proposta pareceu chocar o pequeno príncipe:

— Prendê-lo? Que ideia esquisita!

— Mas se você não prendê-lo, ele irá para qualquer lugar e se perderá.

O pequeno príncipe

E meu amigo deu uma nova gargalhada:
— Mas aonde você pensa que ele vai?
— A qualquer lugar. Reto e em frente...
Então o pequeno príncipe observou com seriedade:
— Isso não é nada, a minha casa é tão pequena!
E, com um pouco de melancolia, talvez, acrescentou:
— Reto e em frente não se pode ir muito longe...

O pequeno príncipe sobre o asteroide B 612.

4

Assim aprendi uma segunda coisa muito importante: é que o seu planeta de origem era pouco maior que uma casa!

Isso não devia me surpreender muito. Eu bem sabia que além dos grandes planetas, como a Terra, Júpiter, Marte, Vênus, aos quais demos nomes, há centenas de outros que, às vezes, são tão pequenos que temos muita dificuldade de avistar pelo telescópio. Quando um astrônomo descobre um deles, ele o identifica por um número. Ele o chama, por exemplo: "o asteroide 325".

Tenho sérias razões para acreditar que o planeta de onde vinha o pequeno príncipe era o asteroide B 612. Esse asteroide só foi avistado pelo telescópio uma única vez, em 1909, por um astrônomo turco.

Ele fizera então uma grande demonstração da sua descoberta num congresso internacional de astronomia. Mas ninguém acreditou nele por causa da sua roupa. Os adultos são assim.

Felizmente, para a reputação do asteroide B 612, um ditador turco impôs que seu povo, sob pena de morte, se vestisse conforme a moda europeia. O astrônomo refez a sua demonstração em 1920, em vestes muito elegantes. E dessa vez todos concordaram com a sua opinião.

Se lhes contei esses detalhes sobre o asteroide B 612 e se lhes confiei seu número, é por causa

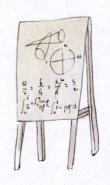

dos adultos. Os adultos amam os números. Quando você lhes fala de um novo amigo, eles nunca lhe perguntam sobre o essencial. Eles nunca lhe dizem: "Como é o som de sua voz? Quais são os jogos que ele prefere? Ele coleciona borboletas?". Eles lhe perguntam: "Quantos anos ele tem? Quantos irmãos ele tem? Quanto ele pesa? Quanto o pai dele ganha?". Somente então eles acham que o conhecem. Se você disser aos adultos: "Vi uma bela casa de tijolos cor-de-rosa, com gerânios nas janelas e pombas no telhado...", eles não conseguem imaginar essa casa. É preciso dizer a eles: "Vi uma casa de cem mil francos". Então eles exclamam: "Que bonita!".

Assim, se você lhes disser: "A prova de que o

pequeno príncipe existiu é que ele era encantador, que ele ria e que ele queria um carneiro. Quando queremos um carneiro, isso é a prova de que existimos", eles darão de ombros e o chamarão de criança! Mas se você lhes disser: "O planeta de onde ele vem é o asteroide B 612", então você conseguirá convencê-los, e eles o deixarão tranquilo e pararão de perguntar. Eles são assim. Não precisa querer mal a eles. As crianças devem ser muito tolerantes com os adultos.

Mas, claro, nós que conhecemos a vida, não nos importamos com os números! Eu teria adorado começar esta história à maneira dos contos de fadas. Eu gostaria de dizer: "Era uma vez um pequeno príncipe que morava num planeta pouco maior do que ele e que precisava de um amigo...". Para aqueles que conhecem a vida, isso teria um ar muito mais verdadeiro.

Pois eu não gosto que leiam meu livro de maneira superficial. Sinto tanta tristeza ao contar estas lembranças. Faz seis anos que meu amigo se foi com seu carneiro. Se tento descrevê-lo aqui, é para não esquecê-lo. É triste esquecer um amigo. Nem todos tiveram um amigo. E posso me tornar como os adultos que só se interessam pelos números. É por isso também que comprei uma caixa de tintas e de lápis. É duro voltar a desenhar, na minha idade, quando as outras únicas tentativas foram a da jiboia fechada e a da jiboia aberta, aos 6 anos de idade!

Tentarei, claro, fazer retratos os mais parecidos possíveis. Mas não estou certo de conseguir. Um desenho vai, mas outro não vai parecer mais. Eu me engano um pouco também quanto ao tamanho. Aqui, o pequeno príncipe é grande demais. Ali, ele é pequeno demais. Hesito também quanto à cor de sua roupa. Então eu tento um pouco, mais aqui, menos ali. Por fim, talvez eu me engane quanto a certos detalhes mais importantes. Mas nisso será preciso me perdoar. Meu amigo nunca me dava explicações. Talvez ele me achasse parecido com ele. Mas eu, infelizmente, não sei ver os carneiros através das caixas. Talvez eu seja um pouco como os adultos. Devo ter envelhecido.

5

Cada dia eu aprendia alguma coisa sobre o planeta, sobre a partida, sobre a viagem. Isso vinha calmamente, ao acaso das reflexões. Foi assim que, no terceiro dia, conheci o drama dos baobás.

Mais uma vez foi graças ao carneiro, pois bruscamente o pequeno príncipe me perguntou, como se tivesse sido assomado por uma grande dúvida:

— É verdade, não é, que os carneiros comem arbustos?

— Sim. É verdade.

— Ah! Estou contente!

Não entendi por que era tão importante que os carneiros comessem os arbustos. Mas o pequeno príncipe acrescentou:

— Consequentemente, eles também comem os baobás?

Observei ao pequeno príncipe que os baobás não são arbustos, mas árvores altas como igrejas, e que, mesmo se ele levasse consigo uma manada de elefantes, essa manada não superaria um único baobá.

A ideia da manada de elefantes fez o pequeno príncipe rir.

— Seria necessário colocá-los uns sobre os outros...

Mas ele observou com sabedoria:

— Os baobás, antes de crescerem, começam sendo pequenos.

— É isso! Mas por que você quer que os seus carneiros comam os pequenos baobás?

Ele me respondeu: "Bem, vamos ver!", como se se tratasse de uma evidência. E foi-me necessário um grande esforço de inteligência para entender sozinho esse problema.

De fato, no planeta do pequeno príncipe havia, como em todos os planetas, boa e má grama. Consequentemente, boas sementes de boa grama e más sementes de má grama. Mas as sementes são invisíveis. Elas repousam no segredo da terra até que dê em uma delas a ideia de acordar. Então ela se estica e brota primeiro timidamente, em direção ao sol, um galhinho  encantador e inofensivo. Se for um galhinho de rabanete ou de roseira, podemos deixá-lo crescer como ele quiser. Mas se for uma planta ruim, é preciso arrancá-la logo, assim que soubermos reconhecê-la. Ora, havia sementes terríveis no planeta do pequeno príncipe... Eram sementes de baobá. O solo do planeta estava infestado. Ora, um baobá, se não nos damos conta logo, não conseguimos nunca mais nos livrar dele. Ele toma conta de todo o planeta. Ele o perfura com suas raízes. E se o planeta é pequeno demais e os baobás são muito numerosos, eles o fazem estourar.

— É uma questão de disciplina — me dizia mais tarde o pequeno príncipe. — Quando terminamos de fazer nossa higiene pela manhã, é necessário fazermos cuidadosamente a higiene do planeta. É preciso nos obrigar regularmente a arrancar os baobás assim que os distinguimos das roseiras, com as quais eles se parecem bastante quando são muito novos. É um trabalho tedioso, mas muito fácil.

E, um dia, ele me aconselhou a me dedicar e conseguir fazer um bom desenho, para fazer isso entrar na cabeça das crianças do meu planeta.

O PEQUENO PRÍNCIPE

– Se um dia eles viajarem – ele me dizia –, isso poderá ajudá-los. Por vezes, não há problema em deixar seu trabalho para mais tarde. Mas, em se tratando de baobás, é sempre uma catástrofe. Conheci um planeta habitado por um preguiçoso. Ele deixou passar três arbustos...

E, com as indicações do pequeno príncipe, desenhei esse planeta. Não gosto nem um pouco de assumir o tom de um moralista. Mas o perigo dos baobás é tão pouco conhecido e os riscos que corre aquele que se perder em um asteroide são tão consideráveis que, pelo menos uma vez, faço exceção à minha reserva. Digo: crianças, prestem atenção aos baobás! Foi para advertir meus amigos de um perigo que há muito tempo estava próximo deles, assim como de mim, sem saber disso, que trabalhei com afinco nesse desenho. A lição que eu dava valia a pena. Talvez você se pergunte: por que não há, neste livro, outros desenhos tão grandiosos quanto os desenhos dos baobás? A resposta é bem simples: tentei, mas não consegui. Quando desenhei os baobás, estava animado com o sentimento da urgência.

Antoine de Saint-Exupéry

Os baobás.

6

    Ah, pequeno príncipe, entendi, pouco a pouco, assim, a sua pequena vida melancólica! Você não teve muito mais tempo para distração além da doçura do pôr do sol. Soube desse novo detalhe, na manhã do quarto dia, quando você me disse:

— Eu gosto muito do pôr do sol. Vamos ver um pôr do sol...

— Mas é preciso esperar...

— Esperar pelo quê?

— Esperar que o sol se ponha.

Primeiro você ficou com um ar muito surpreso e, depois, riu de si mesmo. E me disse:

— Eu sempre acho que estou em casa!

De fato. Quando é meio-dia nos Estados Unidos, como todos sabem, o sol está se pondo na França. Bastaria poder ir para a França em um minuto para assistir ao pôr do sol. Infelizmente a França é bem mais longe. Mas, no seu pequeno planeta, bastaria você puxar a sua cadeira por alguns passos e você veria o crepúsculo sempre que quisesse...

— Um dia, vi o sol se pôr quarenta e quatro vezes!

E, um pouco mais tarde, você acrescentou:

— Sabe... quando estamos tristes, amamos ver o pôr do sol...

— No dia das quarenta e quatro vezes, você estava tão triste assim?

Mas o pequeno príncipe não respondeu.

7

No quinto dia, ainda graças ao carneiro, o segredo da vida do pequeno príncipe me foi revelado. Ele me perguntou, bruscamente, sem preâmbulo, como fruto de um problema meditado por muito tempo em silêncio:

— Um carneiro, se ele come arbustos, come flores também?

— Um carneiro come tudo o que ele encontra.

— Até as flores que têm espinhos?

— Sim, até as flores que têm espinhos.

— Então os espinhos, para que eles servem?

Eu não sabia. Eu estava então muito ocupado em desparafusar um parafuso muito apertado do meu motor. Estava muito preocupado, pois a pane começava a me parecer muito grave e a água para beber que se esgotava me fazia esperar pelo pior.

— Os espinhos, para que servem?

O pequeno príncipe nunca desistia de uma pergunta, uma vez que a tivesse feito. Eu estava irritado com o meu parafuso e respondi qualquer coisa:

— Os espinhos não servem para nada, é pura maldade por parte das flores!

— Oh!

Mas, depois de um silêncio, ele me lançou, com uma espécie de rancor:

— Não acredito em você! As flores são fracas. Elas são ingênuas. Elas se defendem como podem. Elas se acham terríveis com seus espinhos...

Eu não respondi nada. Nesse momento eu pensava: "Se esse parafuso continuar resistindo, eu o farei pular com uma martelada". O pequeno príncipe atrapalhou de novo minhas reflexões:

— E você... você acha que as flores...

— Mas não! Não! Eu não acho nada! — eu respondi qualquer coisa. — Eu estou ocupado com coisas sérias!

Ele me olhou estupefato.

— Com coisas sérias!

Ele me via com o martelo na mão e os dedos pretos de graxa, debruçado sobre um objeto que lhe parecia muito feio.

— Você fala como os adultos!

Isso me deu um pouco de vergonha. Mas, impiedoso, ele acrescentou:

— Você confunde tudo... você mistura tudo!

Ele estava realmente muito irritado. Ele sacudia ao vento os cabelinhos dourados:

— Conheço um planeta onde há um senhor vermelho. Ele nunca cheirou uma flor. Ele nunca olhou uma estrela. Ele nunca amou ninguém. Ele nunca fez outra coisa senão contas de somar. E o dia todo ele repete, como você: "Eu sou um homem sério! Eu sou um homem sério!", e isso o faz estufar o peito de orgulho. Mas não é um homem, é um cogumelo!

— Um o quê?

— Um cogumelo!

O pequeno príncipe estava agora pálido de cólera.

— Há milhões de anos que as flores fabricam espinhos. Há milhões de anos que, mesmo assim, os carneiros comem as flores. E não é sério buscar entender por que elas se dão tanto trabalho para fabricar espinhos que não servem para nada? Não é importante a guerra dos carneiros e das flores? Não é mais sério e mais importante do que as somas de um senhor gordo e vermelho? E se eu conheço uma flor única no mundo, que não existe em nenhum outro lugar, a não ser no meu planeta, e que um carneirinho pode destruir de uma vez só, assim, numa manhã, sem se dar conta do que faz, isso não é importante!

Ele ficou vermelho e continuou:

— Se alguém gosta de uma flor da qual só existe um exemplar dentre milhões e milhões de estrelas, isso é suficiente para que ele seja feliz quando a olha. Ele diz a si mesmo: "Minha flor está ali, em algum lugar...". Mas se o carneiro come a flor, para ele é como se, bruscamente, todas as estrelas se apagassem! E isso não é importante!

Ele não pôde dizer mais nada. Ele explodiu bruscamente em soluços. A noite caiu. Eu larguei minhas ferramentas. Pouco importava meu martelo, meu parafuso, a sede e a morte. Havia numa estrela, num planeta, o meu, a Terra, um pequeno príncipe para consolar! Eu o tomei nos braços e o embalei. Eu lhe dizia: "A flor que você ama não está em perigo... Eu desenharei uma focinheira para o seu carneiro... Eu desenharei uma proteção para a sua flor... Eu...".

Eu não sabia mais o que dizer. Eu me sentia muito desajeitado. Não sabia como alcançá-lo, como me conciliar com ele... É tão misterioso, o país das lágrimas!

8

Aprendi rapidamente a conhecer melhor essa flor. No planeta do pequeno príncipe, sempre houve flores muito simples, enfeitadas por uma única fileira de pétalas, e que quase não ocupavam espaço, e que não incomodavam ninguém. Numa manhã elas apareciam na grama e depois desapareciam à noite. Mas aquela tinha germinado num dia, de uma semente trazida não se sabe de onde, e o pequeno príncipe tinha vigiado de muito perto esse galhinho que não se parecia com os outros. Poderia ser um novo tipo de baobá. Mas o arbusto logo parou de crescer e começou a preparar uma flor. O pequeno príncipe, que assistia à instalação de um botão enorme, bem sentia que sairia dali uma aparição milagrosa, mas a flor não parava de se preparar para ser bela, ao abrigo de sua câmara verde. Ela escolhia com cuidado as suas cores. Vestia-se lentamente e ajustava uma a uma as suas pétalas. Não queria sair toda amassada como as papoulas. Só queria aparecer em plena resplandecência de sua beleza. Ah, sim! Ela era muito vaidosa! Seus cuidados misteriosos duraram, portanto, dias e dias. Até que, certa manhã, justamente na hora do nascer do sol, ela se mostrou.

E ela, que tinha trabalhado com tanto cuidado, disse enquanto bocejava:

— Ah! Acabei de acordar... Peço desculpas... Ainda estou toda descabelada...

O pequeno príncipe, então, não pôde conter sua admiração:

— Como você é bonita!

— Não é mesmo? — a flor respondeu calmamente. — E eu nasci ao mesmo tempo que o sol...

O pequeno príncipe percebeu logo que ela não era muito modesta, mas ela era tão comovente!

— Acho que é hora do café da manhã — ela logo acrescentou.
— Você teria a bondade de pensar em mim...

E o pequeno príncipe, todo confuso, tendo ido procurar um regador com água fresca, serviu a flor.

Assim ela o atormentou rapidamente com a sua vaidade um pouco melindrosa. Certo dia, por exemplo, falando de seus quatro espinhos, ela disse ao pequeno príncipe:

— Eles podem vir, os tigres, com as suas garras!

— Não há tigres no meu planeta — ponderou o pequeno príncipe. — Além disso, os tigres não comem grama.

— Eu não sou uma grama — a flor respondeu com calma.

— Desculpe-me...

— Não tenho medo de tigres, mas tenho horror a correntes de ar. Você não teria um biombo?

"Horror a correntes de ar... não é fácil, para uma planta", pensou o pequeno príncipe. "Esta flor é bem complicada..."

— À noite, você me cobrirá com uma redoma. Faz muito frio na sua casa. Está mal instalada. Lá de onde eu venho...

Mas ela parou de falar. Ela tinha vindo sob a forma de semente. Não poderia ter conhecido outros mundos. Humilhada por ter se deixado surpreender preparando uma mentirinha tão ingênua, ela tossiu duas ou três vezes para fazer o pequeno príncipe se sentir culpado.

— E o biombo?

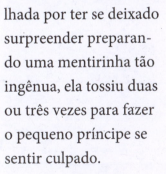

— Eu ia procurar, mas você estava falando comigo!

Então a flor forçou sua tosse para ainda assim lhe provocar remorsos.

Assim, o pequeno príncipe, apesar da boa vontade de seu amor, logo duvidou dela. Ele levou a sério palavras sem importância e ficou muito triste.

— Eu não deveria tê-la ouvido — ele me confidenciou um dia. — Não devemos nunca ouvir as flores. Devemos olhá-las e cheirá-las. A minha perfumava meu planeta, mas eu não sabia aproveitar. Essa história de garras, que me incomodou tanto, deveria ter me emocionado...

Ele me confidenciou ainda:

— Eu não soube compreender nada! Deveria tê-la julgado pelos atos, não pelas palavras. Ela me perfumava e me iluminava. Eu não deveria nunca ter fugido! Deveria ter adivinhado sua ternura por trás de seus pobres ardis. As flores são tão contraditórias! Mas eu era jovem demais para saber amá-la.

9

Acho que ele aproveitou, para evadir-se, uma migração de pássaros selvagens. Na manhã da partida, ele deixou seu planeta bem em ordem. Limpou cuidadosamente seus vulcões em atividade. O planeta possuía dois vulcões em atividade. E era bem cômodo para esquentar o café da manhã. Possuía também um vulcão extinto. Mas, como ele dizia: "Nunca se sabe!". Ele limpou da mesma forma o vulcão extinto. Quando estão bem limpos, os vulcões queimam calma e regularmente, sem erupções. As erupções vulcânicas são como o fogo das chaminés. É evidente que, na nossa Terra, somos pequenos demais para limpar nossos vulcões. É por isso que eles nos causam tantos aborrecimentos.

O pequeno príncipe arrancou também, com um pouco de melancolia, as últimas mudas de baobá. Ele achava que nunca ia ter de voltar. Mas todas essas tarefas cotidianas lhe pareceram, nessa manhã, extremamente delicadas. E quando ele regou a flor pela última vez e se preparou para cobri-la com a redoma, sentiu vontade de chorar.

— Adeus — ele disse à flor.

Mas ela não respondeu.

— Adeus — ele repetiu.

A flor tossiu. Mas não por causa da sua gripe.

— Fui uma tola — ela lhe disse por fim. — Peço desculpas por isso. Trate de ser feliz.

Ele ficou surpreso com a falta de censuras. Ele ficou parado, todo desconcertado, com a redoma no ar. Ele não entendia essa doçura calma.

— Sim, eu amo você — disse-lhe a flor. — Você não soube de nada, por minha culpa. Isso não tem a menor importância. Mas você foi tão tolo quanto eu. Trate de ser feliz... Deixe a redoma em paz. Não a quero mais.

— Mas o vento...

— Não estou tão gripada assim... O ar fresco da noite me fará bem. Sou uma flor.

— Mas os bichos...

— Eu preciso mesmo conseguir aguentar duas ou três lagartas se eu quiser conhecer as borboletas. Dizem que são muito bonitas. Se não, quem virá me visitar? Você estará longe. Quanto aos bichos grandes, não tenho medo de nada. Eu tenho as minhas garras.

E ela mostrou ingenuamente seus quatro espinhos. Depois, ela acrescentou:

— Não prolongue dessa maneira, é irritante. Você decidiu partir. Então vá.

Porque ela não queria que ele a visse chorar. Era uma flor tão orgulhosa...

O PEQUENO PRÍNCIPE

Ele limpou cuidadosamente seus vulcões em atividade.

10

Ele se encontrava na região dos asteroides 325, 326, 327, 328, 329 e 330. Então ele começou a visitá-los para buscar uma ocupação e para aprender.

O primeiro era habitado por um rei. O rei estava sentado, vestido de púrpura e de arminho, num trono muito simples e, no entanto, majestoso.

– Ah! Veja, um súdito! – exclamou o rei quando percebeu o pequeno príncipe.

E o pequeno príncipe se perguntou:

– Como ele pode me reconhecer se nunca me viu?

Ele não sabia que, para os reis, o mundo é muito simplificado. Todos os homens são súditos.

– Aproxime-se para que eu o veja melhor – disse o rei, que estava muito orgulhoso de ser, enfim, rei para alguém.

O pequeno príncipe procurou com o olhar onde se sentar, mas o planeta estava todo ocupado pelo magnífico manto de arminho. Então ele ficou em pé e, como estava cansado, bocejou.

– Bocejar na presença de um rei é contra a etiqueta – disse-lhe o monarca. – Eu o proíbo.

– Não posso evitar – respondeu o pequeno príncipe, todo confuso. – Fiz uma longa viagem e não dormi...

– Então – disse o rei –, eu ordeno que você boceje. Há anos não vejo ninguém bocejar. Os bocejos são curiosidades para mim. Vamos, boceje de novo. É uma ordem.

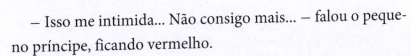

— Isso me intimida... Não consigo mais... — falou o pequeno príncipe, ficando vermelho.

— Hum! Hum! — respondeu o rei. — Então eu... eu ordeno que você boceje e que...

Ele gaguejou um pouco e parecia ofendido.

Pois o rei fazia questão absoluta de que sua autoridade fosse respeitada. Ele não tolerava a desobediência. Era um monarca absoluto. Mas, como era muito bom, dava ordens sensatas.

— Se eu ordenar — ele costumava dizer —, se eu ordenar a um general que ele se transforme num pássaro marítimo e o general não obedecer, não será culpa do general. Será minha culpa.

— Posso me sentar? — perguntou timidamente o pequeno príncipe.

— Eu ordeno que você se sente — respondeu o rei, que reacomodou majestosamente uma parte de seu manto de arminho.

Mas o pequeno príncipe se espantou. O planeta era minúsculo. Sobre o que o rei poderia reinar?

— Majestade — disse-lhe —, peço licença para lhe perguntar...

— Eu ordeno que me pergunte — o rei apressou-se em dizer.

— Majestade... sobre o que reina?

— Sobre tudo — respondeu o rei, com muita simplicidade.

— Sobre tudo?

Com um gesto discreto, o rei designou seu planeta, os outros planetas e as estrelas.

— Sobre tudo isso? — disse o pequeno príncipe.

— Sobre tudo isso... — respondeu o rei.

Pois não somente era um monarca absoluto, mas também um monarca universal.

— E as estrelas lhe obedecem?

— É claro — disse o rei. — Elas obedecem imediatamente. Não tolero a indisciplina.

Tal poder maravilhou o pequeno príncipe. Se ele o tivesse possuído, poderia ter assistido não a quarenta e quatro pores do sol no mesmo dia, mas setenta e dois, ou mesmo cem, ou

O PEQUENO PRÍNCIPE

até duzentos deles no mesmo dia, sem nunca ter de puxar sua cadeira! E como se sentia um pouco triste por causa da lembrança de seu pequeno planeta abandonado, ele se atreveu a pedir uma graça ao rei:

— Eu gostaria de ver um pôr do sol... Faça-me a gentileza... Ordene ao sol que se ponha...

— Se eu ordenar a um general que voe de uma flor a outra, como uma borboleta, ou que escreva uma tragédia, ou que se transforme em pássaro marítimo, e se o general não executar a ordem recebida, quem estará errado, ele ou eu?

— Será vossa majestade — o pequeno príncipe disse com firmeza.

— Exato. É preciso exigir de cada um aquilo que cada um pode dar — retomou o rei. — A autoridade reside primeiramente sobre a razão. Se você ordenar a seu povo que se jogue no mar, ele fará uma revolução. Tenho o direito de exigir obediência, pois minhas ordens são sensatas.

— Então, e meu pôr do sol? — lembrou o pequeno príncipe, que nunca se esquecia de uma pergunta que ele já tivesse feito.

— Você terá o seu pôr do sol. Eu o exigirei. Mas, na ciência do meu governo, esperarei que as condições sejam favoráveis.

— Quando isso acontecerá? — o pequeno príncipe procurou se informar.

— Ham, ham! — respondeu o rei, consultando primeiro um grande calendário. — Ham, ham! Será lá pelas... pelas... será esta noite, pelas sete e quarenta! E você verá como sou bem obedecido.

O pequeno príncipe bocejou. Ele lamentava a falta de seu pôr do sol. E já estava se entediando um pouco:

– Não tenho mais nada a fazer aqui – disse ao rei. – Vou embora!

– Não vá – respondeu o rei, que estava muito orgulhoso de ter um súdito. – Não vá e o nomearei ministro!

– Ministro de quê?

– De... da Justiça!

– Mas não há ninguém para julgar!

– Não se sabe – disse o rei. – Ainda não dei uma volta no meu reino. Sou muito velho, não tenho espaço para um coche e andar me cansa.

– Oh! Mas eu já vi – disse o pequeno príncipe, que se inclinou para dar uma olhada no outro lado do planeta. – Também não há ninguém lá...

– Então você julgará a si mesmo – respondeu o rei. – É o mais difícil, é bem mais difícil julgar a si mesmo que aos outros. Se conseguir julgar a si mesmo, então você é um verdadeiro sábio.

– Eu – disse o pequeno príncipe – posso julgar a mim mesmo em qualquer lugar. Não preciso morar aqui.

– Ham, ham! – disse o rei. – Acho até que no meu planeta há um velho rato em algum lugar. Eu o ouço durante a noite. Você poderá julgar esse velho rato. Você o condenará à morte de tempos em tempos. Assim, a vida dele dependerá da sua justiça. Mas você o absolverá todas as vezes, para poupá-lo. Só existe um.

– Eu – respondeu o pequeno príncipe –, eu não gosto de condenar à morte, e acho mesmo que vou indo.

O PEQUENO PRÍNCIPE

– Não – disse o rei.

Mas o pequeno príncipe, tendo concluído seus preparativos, não quis ver o velho monarca sofrer:

– Se vossa majestade desejar ser obedecida pontualmente, poderia me dar uma ordem sensata. Poderia me ordenar, por exemplo, que partisse em menos de um minuto. Parece-me que as condições são favoráveis...

Não tendo o rei nada respondido, o pequeno príncipe primeiro hesitou, depois, com um suspiro, pôs-se a sair.

– Eu o nomeio meu embaixador – o rei apressou-se logo em gritar.

Ele tinha um grande ar de autoridade.

"Os adultos são bem estranhos", o pequeno príncipe disse para si mesmo durante sua viagem.

11

O segundo planeta era habitado por um vaidoso:

— Ha! Ha! Aí está, a visita de um admirador! — gritou de longe o vaidoso assim que viu o pequeno príncipe.

Pois, para os vaidosos, os outros homens são admiradores.

— Bom dia — disse o pequeno príncipe. — Você tem um chapéu engraçado.

— É para cumprimentar — respondeu o vaidoso. — É para saudar quando me aclamam. Infelizmente nunca passa ninguém por aqui.

— Ah, é? — disse o pequeno príncipe, que não entendeu.

— Bata as mãos uma na outra — aconselhou então o vaidoso.

O pequeno príncipe bateu as mãos uma na outra. O vaidoso cumprimentou modestamente, levantando o chapéu.

"Isso é mais divertido do que a visita ao rei", o pequeno príncipe disse para si mesmo.

O PEQUENO PRÍNCIPE

E ele recomeçou a bater as mãos uma na outra. O vaidoso voltou a cumprimentar, levantando o chapéu.

Após cinco minutos de exercício, o pequeno príncipe se cansou da monotonia do jogo:

— E para que o chapéu caia — perguntou ele —, o que é preciso fazer?

Mas o vaidoso não ouviu. Os vaidosos só ouvem elogios.

— Você me admira muito mesmo? — perguntou ao pequeno príncipe.

— O que significa "admirar"?

— "Admirar" significa "reconhecer que eu sou o homem mais bonito, o mais bem-vestido, o mais rico e o mais inteligente do planeta".

— Mas você é o único no seu planeta!

— Faça essa gentileza. Admire-me mesmo assim!

— Eu o admiro — disse o pequeno príncipe, levantando um pouco os ombros —, mas no que isso pode lhe interessar?

E o pequeno príncipe foi embora.

"Os adultos são decididamente muito estranhos", disse para si mesmo durante a viagem.

12

O planeta seguinte era habitado por um bêbado. Essa visita foi bem curta, mas ela mergulhou o pequeno príncipe numa grande melancolia:

— O que você está fazendo aí? — disse ao bêbado que encontrou instalado em silêncio, na frente de uma coleção de garrafas vazias e de uma coleção de garrafas cheias.

— Estou bebendo — respondeu o bêbado, com ar lúgubre.

— Por que você bebe? — perguntou o pequeno príncipe.

— Para esquecer — respondeu o bêbado.

— Esquecer o quê? — inquiriu o pequeno príncipe, que já se compadecia.

— Para esquecer que tenho vergonha — confessou o bêbado, abaixando a cabeça.

— Vergonha do quê? — procurou se informar o pequeno príncipe, que desejava socorrê-lo.

— Vergonha de beber — concluiu o bêbado, que se fechou definitivamente no silêncio.

E o pequeno príncipe foi embora, perplexo.

"Os adultos são decididamente muito, muito estranhos", disse para si mesmo durante a viagem.

13

O quarto planeta era o do homem de negócios. Este homem estava tão ocupado que nem mesmo levantou a cabeça com a chegada do pequeno príncipe.

— Bom dia — este lhe disse. — O seu cigarro está apagado.

— Três mais dois dá cinco. Cinco mais sete, doze. Doze mais três, quinze. Bom dia. Quinze mais sete, vinte e dois. Vinte e dois mais seis, vinte e oito. Sem tempo de acender de novo. Vinte e seis mais cinco, trinta e um. Ufa! Isso dá, portanto, quinhentos e um milhões, seiscentos e vinte e dois mil, setecentos e trinta e um.

— Quinhentos milhões de quê?

— O quê? Você ainda está aí? Quinhentos e um milhões de... eu não sei mais... tenho tanto trabalho! Eu sou sério, eu não me divirto com bobagens! Dois mais cinco, sete...

— Quinhentos e um milhões de quê? — repetiu o pequeno príncipe, que nunca na sua vida desistiu de uma pergunta, uma vez que já a tivesse feito.

O homem de negócios levantou a cabeça:

— Faz cinquenta e quatro anos que eu moro neste planeta, só fui interrompido três vezes. A primeira vez foi há vinte e dois anos, por um escaravelho que caiu sabe Deus de onde. Ele emitia um barulho insuportável, e eu fiz quatro erros numa soma. A segunda vez foi há onze anos, por uma crise de reumatismo. Eu não me exercito. Não tenho tempo de passear. Eu sou sério. A terceira vez... aqui está! Eu dizia, portanto, quinhentos e um milhões...

— Milhões de quê?

O homem de negócios entendeu que não havia a menor esperança de sossego:

— Milhões dessas pequenas coisas que vemos às vezes no céu.

— Moscas?

— Não, pequenas coisas que brilham.

— Abelhas?

— Não, pequenas coisas douradas que fazem sonhar os preguiçosos. Mas eu sou sério! Não tenho tempo de devanear.

— Ah! Estrelas?

— É isso mesmo. Estrelas.

— E o que você faz com quinhentos milhões de estrelas?

— Quinhentos e um milhões, seiscentos e vinte e dois mil, setecentos e trinta e um. Eu sou sério, eu sou preciso.

— E o que você faz com essas estrelas?

— O que eu faço com elas?

— Sim.

— Nada. Eu as possuo.

— Você possui as estrelas?

— Sim.

— Mas eu já vi um rei que...

— Os reis não possuem as estrelas. Eles "reinam" sobre elas. É bem diferente.

— E para que lhe serve possuir as estrelas?

— Isso me serve para ser rico.

— E para que lhe serve ser rico?

— Para comprar outras estrelas, se alguém encontrar.

"Este aqui", o pequeno príncipe disse para si mesmo, "ele raciocina um pouco como o meu bêbado."

No entanto, ele ainda fez mais perguntas:

— Como podemos possuir as estrelas?

— De quem são elas? — revidou, mal-humorado, o homem de negócios.

— Eu não sei. De ninguém.

— Então elas são minhas, porque eu pensei primeiro.

— Isso é o suficiente?

— Claro. Quando você acha um diamante que não é de ninguém, ele é seu. Quando você acha uma ilha que não é de ninguém, ela é sua. Quando você tem uma ideia primeiro, você a patenteia: ela é sua. E eu possuo as estrelas, já que nunca ninguém antes de mim pensou em possuí-las.

— É verdade — disse o pequeno príncipe. — E o que você faz com elas?

— Eu as administro. Eu conto e reconto — disse o homem de negócios. — É difícil. Mas eu sou um homem sério!

O pequeno príncipe ainda não estava satisfeito.

— Se eu possuo um lenço, posso colocá-lo em volta do meu pescoço e levá-lo comigo. Se eu possuo uma flor, posso colher minha flor e levá-la comigo. Mas você não pode colher as estrelas!

— Não, mas eu posso colocá-las no banco.

— O que isso quer dizer?

— Isso quer dizer que eu escrevo num papelzinho o número das minhas estrelas. E depois eu tranco à chave esse papel numa gaveta.

— E isso é tudo?

— É o suficiente!

"É engraçado", pensou o pequeno príncipe. "É bem poético. Mas não é muito sério."

O pequeno príncipe tinha sobre as coisas sérias ideias muito diferentes das ideias dos adultos.

— Eu possuo uma flor que rego todos os dias — disse ele ainda. — Possuo três vulcões que limpo todas as semanas. Pois eu limpo também aquele que está extinto. Nunca se sabe. É útil para os meus vulcões, e é útil para a minha flor, que eu os possua. Mas você não é útil para as estrelas...

O homem de negócios abriu a boca, mas não encontrou o que responder, e o pequeno príncipe foi embora.

"Os adultos são de fato realmente extraordinários", ele dizia para si mesmo durante a viagem.

14

O quinto planeta era muito curioso. Era o menor de todos. Havia ali espaço suficiente apenas para abrigar um lampião e um acendedor de lampiões. O pequeno príncipe não conseguia explicar para que poderiam servir, em algum lugar do céu, num planeta sem casa nem população, um lampião e um acendedor de lampiões. No entanto, ele disse para si mesmo: "Este homem bem pode ser absurdo. No entanto, ele é menos absurdo que o rei, que o vaidoso, que o homem de negócios e que o bêbado. Pelo menos o seu trabalho tem um sentido. Quando ele acende o seu lampião, é como se ele fizesse nascer mais uma estrela, ou uma flor. Quando ele apaga o seu lampião, faz dormir a flor ou a estrela. É um trabalho muito bonito. É realmente útil, pois é bonito".

Logo que chegou ao planeta, ele cumprimentou respeitosamente o acendedor:

— Bom dia. Por que você acabou de apagar o seu lampião?

— É a regra — respondeu o acendedor. — Bom dia.

— Qual é a regra?

— É apagar o meu lampião. Boa noite.

E ele o acendeu de novo.

— Mas por que você acabou de acender de novo?

— É a regra — respondeu o acendedor.

— Eu não entendo — disse o pequeno príncipe.

— Não tem nada para entender — disse o acendedor. — Regra é regra. Bom dia.

E ele apagou o seu lampião.

Depois, ele limpou a testa com um lenço xadrez vermelho.

– Eu tenho uma profissão terrível. Antes era sensata. Eu apagava de manhã e acendia à noite. Eu tinha o resto do dia para descansar e o resto da noite para dormir...

– E, desde essa época, a regra mudou?

– A regra não mudou – disse o acendedor. – E aí está o drama! De ano em ano o planeta rodou cada vez mais rápido, e a regra não mudou!

– Então? – disse o pequeno príncipe.

– Então, agora que ele dá uma volta por minuto, não tenho nem mais um segundo de descanso. Eu acendo e apago uma vez por minuto!

– Isso é engraçado! Os dias onde você mora duram um minuto!

– Não é nem um pouco engraçado – disse o acendedor. – Já faz um mês que estamos nos falando.

– Um mês?

– Sim. Trinta minutos. Trinta dias! Boa noite.

E ele acendeu o seu lampião.

O pequeno príncipe o olhou e gostou desse acendedor que era tão fiel à regra. Ele se lembrou dos pores do sol que ele mesmo tinha procurado antes, movimentando sua cadeira. Quis ajudar seu amigo:

– Sabe... conheço um meio de fazer você descansar quando você quiser...

– Eu quero muito – disse o acendedor.

O PEQUENO PRÍNCIPE

– Pois podemos ser, ao mesmo tempo, fiéis e preguiçosos.

O pequeno príncipe continuou:

— O seu planeta é tão pequeno que você dá a volta nele com três passos. Você só precisa andar muito lentamente para permanecer sempre ao sol. Quando quiser descansar, você andará... e o dia durará tanto quanto você quiser.

— Isso não me adianta muita coisa — disse o acendedor. — O que eu mais gosto na vida é de dormir.

— Isso não é possível — disse o pequeno príncipe.

— Isso não é possível — disse o acendedor. — Bom dia.

E ele apagou o seu lampião.

"Esse aí", o pequeno príncipe disse para si mesmo, enquanto prosseguia para mais longe em sua viagem, "seria desprezado por todos os outros, pelo rei, pelo vaidoso, pelo bêbado, pelo homem de negócios. No entanto, é o único que não me parece ridículo. Talvez seja porque ele se ocupa com alguma coisa além de si mesmo."

Deu um suspiro de lamento e disse ainda para si mesmo:

"Esse aí é o único de quem eu poderia me tornar amigo. Mas seu planeta é realmente muito pequeno. Não há lugar para dois..."

O que o pequeno príncipe não ousava confessar era que ele lamentava não ficar nesse planeta, abençoado, principalmente, pelos mil, quatrocentos e quarenta pores do sol a cada vinte e quatro horas!

– Eu tenho uma profissão terrível.

15

O sexto planeta era dez vezes mais vasto. Ele era habitado por um velho senhor que escrevia livros enormes.

— Veja! Ali está um explorador! — gritou, quando percebeu o pequeno príncipe.

O pequeno príncipe sentou-se sobre a mesa e suspirou um pouco. Ele já havia viajado tanto!

— De onde você vem? — perguntou-lhe o velho senhor.

— Que livro grosso é este? — disse o pequeno príncipe. — O que você faz aqui?

— Sou geógrafo — respondeu o velho senhor.

— O que é um geógrafo?

— É um sábio que conhece onde estão localizados os mares, os rios, as cidades, as montanhas e os desertos.

— Isso é bem interessante — disse o pequeno príncipe. — Enfim uma verdadeira profissão!

E ele lançou um olhar em torno de si, pelo planeta do geógrafo. Ele nunca tinha visto um país tão majestoso.

— É muito bonito o seu planeta. Nele existem oceanos?

— Eu não posso saber — disse o geógrafo.

— Ah! — o pequeno príncipe ficou bastante decepcionado. — E montanhas?

— Eu não posso saber — disse o geógrafo.

— E cidades, rios e desertos?

— Eu também não posso saber — disse o geógrafo.

— Mas você é geógrafo!

— Exato — disse o geógrafo —, mas eu não sou explorador. Eu preciso mesmo de exploradores. Não é o geógrafo que vai contar as cidades, os rios, as montanhas, os mares, os oceanos e os desertos. O geógrafo é importante demais para passear. Ele não deixa o seu escritório. Mas recebe os exploradores. Ele os interroga, e toma nota das lembranças deles. E se as lembranças de um deles lhe parecerem interessantes, o geógrafo manda fazer um questionário sobre a moralidade do explorador.

— Para que isso?

— Porque um explorador que mentisse acarretaria catástrofes nos livros de geografia. Assim como um explorador que bebesse demais.

— Por que isso? — perguntou o pequeno príncipe.

— Porque os bêbados veem duplicado. Então o geógrafo anotaria duas montanhas onde só existe uma.

— Eu conheço alguém — disse o pequeno príncipe — que seria um mau explorador.

O PEQUENO PRÍNCIPE

— É possível. Portanto, quando a moralidade do explorador parece boa, fazemos um questionário sobre sua descoberta.

— Podemos ver?

— Não. É complicado demais. Mas exige-se do explorador que ele forneça provas. Por exemplo, se tratar da descoberta de uma grande montanha, exigimos que ele traga grandes pedras.

De repente, o geógrafo se empolgou.

— Mas você, você vem de longe! Você é explorador! Você vai me descrever o seu planeta!

E o geógrafo, tendo aberto o seu registro, apontou seu lápis. Anota-se primeiro a lápis os relatos dos exploradores. Espera-se, para anotar à caneta, que o explorador tenha fornecido as provas.

— Então? — interrogou o geógrafo.

— Oh! A minha casa — disse o pequeno príncipe — não é muito interessante, é bem pequenininha. Eu tenho três vulcões. Dois vulcões em atividade, e um vulcão extinto. Mas nunca se sabe.

— Nunca se sabe — disse o geógrafo.

— Eu tenho uma flor.

— Nós não tomamos nota das flores — disse o geógrafo.

— Por que isso? É a mais bonita!

— Porque as flores são efêmeras.

— O que significa "efêmera"?

— As geografias — disse o geógrafo — são os livros mais sérios de todos. Elas não saem de moda nunca. É muito raro que uma montanha mude de lugar. É muito raro que um oceano seque. Nós escrevemos coisas eternas.

— Mas os vulcões extintos podem acordar — interrompeu o pequeno príncipe. — O que significa "efêmera"?

— Que os vulcões sejam extintos ou acordados, dá no mesmo — disse o geógrafo. — O que conta para nós é a montanha. Ela não muda.

— Mas o que significa "efêmera"? — repetiu o pequeno príncipe, que, na sua vida, nunca desistia de uma pergunta, uma vez que já a tivesse feito.

— Isso significa "que está ameaçada de extinção próxima".

— Minha flor está ameaçada de extinção próxima?

— É claro.

"Minha flor é efêmera", disse o pequeno príncipe para si mesmo, "e ela só tem quatro espinhos para se defender contra o mundo! E eu a deixei sozinha em casa!"

Esse foi o seu primeiro movimento de arrependimento. Mas ele recobrou a coragem:

— O que você me aconselha a visitar? — perguntou ele.

— O planeta Terra — respondeu o geógrafo. — Ele tem uma boa reputação...

E o pequeno príncipe foi embora, pensando na sua flor.

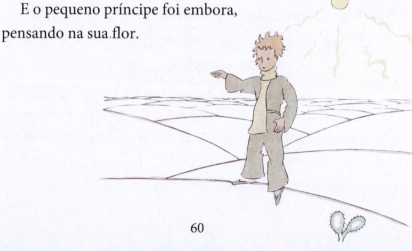

16

O sétimo planeta foi, então, a Terra.

A Terra não é um planeta qualquer! Contamos nela cento e onze reis (não esquecendo, é claro, os reis negros), sete mil geógrafos, novecentos mil homens de negócio, sete milhões e meio de bêbados, trezentos e onze milhões de vaidosos, isto é, cerca de dois bilhões de adultos.

Para lhe dar uma ideia das dimensões da Terra, direi que, antes da invenção da eletricidade, no conjunto dos seis continentes, era preciso manter um exército de 462.511 acendedores de lampiões.

Visto um pouco de longe, isso dava um efeito esplêndido. Os movimentos desse exército eram organizados como os de um balé de ópera. Primeiro era a vez dos acendedores de lampiões da Nova Zelândia e da Austrália. Depois, tendo estes acendido seus lampiões, eles iam dormir. Então entravam, por sua vez, na dança os acendedores de lampiões da China e da Sibéria. Depois eles também se escondiam nos bastidores. Então, era a vez dos acendedores de lampião da Rússia e da Índia. Depois, dos da África e da Europa. Depois, dos da América do Sul. Depois, dos da América do Norte. E eles nunca se enganavam na hora de entrar em cena. Era grandioso.

Somente o acendedor do único lampião do Polo Norte e seu colega do único lampião do Polo Sul levavam uma vida de ociosidade e indolência: trabalhavam duas vezes por ano.

17

Quando queremos ser engraçados, acontece de mentirmos um pouco. Não fui muito honesto ao lhe falar dos acendedores de lampiões. Corro o risco de dar uma falsa ideia do nosso planeta aos que não o conhecem. Os homens ocupam pouquíssimo espaço na Terra. Se os dois bilhões de habitantes que habitam a Terra se mantivessem em pé e próximos, como para um comício, eles se instalariam tranquilamente numa praça pública de vinte milhas de comprimento por vinte de largura. Poderíamos juntar a humanidade na menor ilha do Pacífico.

Os adultos, é claro, não acreditarão em você. Eles acham que ocupam muito espaço. Eles se julgam tão importantes quanto os baobás. Então você lhes aconselhará a fazer o cálculo. Eles adoram os números: isso irá agradá-los. Mas não perca o seu tempo com essa tarefa. É inútil. Pode acreditar em mim.

O pequeno príncipe, uma vez na Terra, ficou bastante surpreso de não ver ninguém. Ele já temia ter se enganado de planeta, quando um anel da cor da lua se remexeu na areia.

— Boa noite — disse o pequeno príncipe, por mero acaso.

— Boa noite — disse a serpente.

— Em que planeta vim parar? — perguntou o pequeno príncipe confuso.

— Na Terra, na África — respondeu a serpente.

— Ah!... Não há ninguém na Terra?

— Aqui é o deserto. Não há ninguém nos desertos. A Terra é grande — disse a serpente.

O pequeno príncipe sentou-se sobre uma pedra e ergueu os olhos para o céu:

— Eu me pergunto — disse ele — se as estrelas são iluminadas de modo que cada um possa um dia reencontrar a sua. Olhe o meu planeta. Ele está bem acima de nós... Mas como está distante!

— Ele é bonito — disse a serpente. — O que você veio fazer aqui?

— Tenho alguns problemas com uma flor — disse o pequeno príncipe.

— Ah! — disse a serpente.

E eles se calaram.

— Onde estão os homens? — retomou enfim o pequeno príncipe. — Estamos um pouco solitários no deserto.

— Somos solitários também entre os homens — disse a serpente.

O pequeno príncipe a olhou por algum tempo:

— Você é um bicho engraçado — ele lhe disse, por fim —, fino como um dedo...

— Mas sou mais poderosa que o dedo de um rei — disse a serpente.

O pequeno príncipe sorriu:

— Você não é tão poderosa assim... Nem tem patas... Nem pode viajar...

— Posso levá-lo mais longe que um navio — disse a serpente.

Ela se enrolou no tornozelo do pequeno príncipe, como uma tornozeleira de ouro:

— Aquele em quem eu toco, reconduzo à terra de onde ele saiu — disse ela ainda. — Mas você é puro e vem de uma estrela...

O pequeno príncipe não respondeu nada.

— Sinto pena de você, tão fraco, nesta Terra de granito. Posso ajudá-lo, um dia, se você sentir muitas saudades do seu planeta. Posso...

— Oh! Entendi tudo — disse o pequeno príncipe —, mas por que você fala sempre por enigmas?

— Eu resolvo todos eles — disse a serpente.

E eles se calaram.

*— Você é um bicho engraçado — ele lhe disse,
por fim —, fino como um dedo...*

18

O pequeno príncipe atravessou o deserto e só encontrou uma flor. Uma flor com três pétalas, uma florzinha de nada...

– Bom dia – disse o pequeno príncipe.

– Bom dia – disse a flor.

– Onde estão os homens? – perguntou educadamente o pequeno príncipe.

A flor, um dia, tinha visto passar uma caravana:

– Os homens? Acho que existem uns seis ou sete. Eu os notei há alguns anos. Mas não sabemos nunca onde encontrá-los. O vento os leva. Faltam a eles raízes, isso os incomoda muito.

– Adeus – disse o pequeno príncipe.

– Adeus – disse a flor.

19

O pequeno príncipe escalou uma alta montanha. As únicas montanhas que ele conhecera eram os três vulcões da altura de seu joelho. E ele se servia do vulcão extinto como um banquinho. "De uma montanha alta como esta", ele pensou, "observarei de uma vez todo o planeta e todos os homens...". Mas ele só viu agulhas de rocha bem afiadas.

– Bom dia – ele disse, por mero acaso.

– Bom dia... Bom dia... Bom dia... – respondeu o eco.

– Quem é você? – disse o pequeno príncipe.

– Quem é você... Quem é você... Quem é você... – respondeu o eco.

– Sejam meus amigos, estou sozinho – disse ele.

– Estou sozinho... Estou sozinho... Estou sozinho... – respondeu o eco.

"Que planeta engraçado", pensou ele então. "É tão seco, e todo pontudo e salgado. E os homens não têm imaginação. Repetem o que dizemos... Na minha casa, eu tinha uma flor: ela sempre falava primeiro..."

20

Mas aconteceu que o pequeno príncipe, tendo andado por muito tempo pela areia, pelas rochas e pela neve, descobriu por fim uma estrada. E todas as estradas levam aos homens.

— Bom dia — ele disse.

Era um jardim florido de rosas.

— Bom dia — disseram as rosas.

O pequeno príncipe olhou para elas. Todas se pareciam com a sua flor.

— Quem são vocês? — perguntou ele, estupefato.

— Nós somos as rosas — disseram as rosas.

— Ah! — disse o pequeno príncipe...

E ele se sentiu muito triste. Sua flor tinha lhe contado que ela era a única de sua espécie no universo. E eis que estavam aqui cinco mil, todas parecidas, num único jardim!

"Ela ficaria bem envergonhada", ele pensou, "se visse isso... ela iria tossir muito e fingiria que estava morrendo para fugir do ridículo. E eu seria mesmo obrigado a fingir que estava cuidando dela, pois, do contrário, para me humilhar também, ela se deixaria morrer de verdade..."

Depois ele pensou ainda: "Eu achava que era rico com uma flor única, e tudo o que possuo é uma rosa comum. Ela e meus três vulcões, da altura do meu joelho, sendo que um, talvez, esteja extinto para sempre; isso não faz de mim um grande príncipe...". E, deitado na grama, ele chorou.

E, deitado na grama, ele chorou.

ps
21

Foi aí que apareceu a raposa.

— Bom dia! — disse a raposa.

— Bom dia — o pequeno príncipe respondeu de forma educada, virando-se, mas nada vendo.

— Estou aqui — disse a voz vinda debaixo da macieira...

— Quem é você? — perguntou o pequeno príncipe. — Você é muito bonita...

— Sou uma raposa — disse a raposa.

— Venha brincar comigo — propôs-lhe o pequeno príncipe. — Estou tão triste...

— Não posso brincar com você — disse a raposa. — Você não me cativou.

— Ah! Desculpe — disse o pequeno príncipe.

Mas, depois de pensar bem, ele acrescentou:

— O que significa "cativar"?

— Você não é daqui — disse a raposa. — O que está procurando?

— Estou procurando os homens — disse o pequeno príncipe. — O que significa "cativar"?

Antoine de Saint-Exupéry

— Os homens têm fuzis e caçam — respondeu a raposa. — É bem irritante! Eles também criam galinhas. Essa é a única parte interessante. Você está procurando galinhas?

— Não — respondeu o pequeno príncipe. — Estou procurando amigos. O que significa "cativar"?

— É uma coisa bastante esquecida – disse a raposa. – Significa "criar vínculos"...

— Criar vínculos?

— Isso mesmo – afirmou a raposa. – Para mim, você é apenas um garotinho parecido com cem mil outros garotinhos. E eu não preciso de você. E você também não precisa de mim. Para você, eu não passo de uma raposa semelhante a cem mil outras raposas. Mas, se você me cativar, precisaremos um do outro. Você será para mim único no mundo. Eu serei para você única no mundo...

— Estou começando a entender – disse o pequeno príncipe. — Existe uma flor que... eu acho que ela me cativou...

— É bem possível – disse a raposa. – Na Terra, vemos todo tipo de coisa...

— Não! Não foi na Terra – disse o pequeno príncipe.

A raposa pareceu intrigada:

— Foi em outro planeta?

O PEQUENO PRÍNCIPE

– Sim.

– Existem caçadores nesse outro planeta?

– Não.

– Isso é interessante! E galinhas?

– Também não.

– Bem, nem tudo é perfeito – suspirou a raposa.

Mas a raposa voltou à sua ideia:

– Minha vida é monótona. Caço galinhas e os homens me caçam. Todas as galinhas se parecem, e todos os homens são parecidos. Já estou meio entediada. Mas se você me cativar, minha vida ficará como que ensolarada. Eu reconhecerei o barulho de seus passos, que será diferente de todos os outros. Os outros passos me farão esconder-me debaixo da terra. Os seus me chamarão para fora da minha toca, como se fosse uma música. Além disso, veja! Está vendo, lá longe, os campos de trigo? Eu não como pão. O trigo, para mim, não serve para nada. Os campos de trigo não me lembram nada. E isso é triste! Mas você tem cabelos da cor do ouro. Então será maravilhoso quando você tiver me cativado! O trigo, que é dourado, me fará lembrar de você. E eu adorarei o barulho do trigo ao vento...

A raposa se calou e ficou olhando o pequeno príncipe por algum tempo:

– Por favor... cative-me! – ela disse.

– Bem que eu gostaria – respondeu o pequeno príncipe –, mas não

71

tenho muito tempo. Preciso fazer amigos e tenho muitas coisas para conhecer.

— Só conhecemos mesmo as coisas que cativamos — disse a raposa. — Os homens não têm mais tempo de conhecer nada. Eles compram tudo pronto dos vendedores. Mas como não existem vendedores de amigos, os homens não têm mais amigos. Se quiser um amigo, cative-me!

— O que preciso fazer? — perguntou o pequeno príncipe.

— Você precisa ser muito paciente — respondeu a raposa. — Para começar, você vai se sentar um pouco longe de mim, assim, na grama. Eu o olharei pelo canto do olho e você não me dirá nada. A linguagem é fonte de mal-entendidos. Mas, a cada dia, você poderá se sentar um pouco mais perto...

No dia seguinte, o pequeno príncipe voltou.

— Teria sido melhor ter voltado na mesma hora — disse a raposa. — Se você vier, por exemplo, às quatro horas da tarde, começarei a ficar feliz desde as três. Quanto mais se aproximar da hora, mais feliz eu me sentirei. Já às quatro horas, eu me agitarei e me inquietarei; descobrirei o preço da felicidade! Mas se você vier a qualquer hora, não saberei nunca a que horas preparar meu coração... É preciso alguns ritos.

— O que é um rito? — perguntou o pequeno príncipe.

— Também é uma coisa bastante esquecida — disse a raposa. — É o que faz com que um dia seja diferente dos outros dias; uma hora, das outras horas. Existe um rito, por exemplo, entre os meus caçadores. Às quintas-feiras, eles dançam com as moças do vilarejo. Então, quinta-feira é um dia maravilhoso! Eu vou passear até a videira. Se os caçadores dançassem em qualquer dia, todos os dias se pareceriam, e eu nunca teria descanso.

Assim, o pequeno príncipe cativou a raposa. E quando o momento da partida estava próximo:

— Ah! — disse a raposa. — Eu vou chorar.

— A culpa é sua — disse o pequeno príncipe —, eu não desejava nenhum mal a você, mas você quis que eu a cativasse...

— É claro — disse a raposa.

— Mas você vai chorar! — disse o pequeno príncipe.

— É claro — disse a raposa.

— Então você não ganha nada com isso!

— Ganho — disse a raposa — por causa da cor do trigo.

Depois ela acrescentou:

— Vá ver as rosas de novo. Você vai entender que a sua é única no mundo. Você voltará para me dizer adeus e eu lhe darei de presente um segredo.

O pequeno príncipe foi embora ver as rosas:

— Vocês não são em nada parecidas com a minha rosa, vocês não são nada ainda — ele disse a elas.

— Ninguém as cativou e vocês não cativaram ninguém. Vocês são como era a minha raposa. Não passava de uma raposa semelhante

— Se você vier, por exemplo, às quatro horas da tarde, começarei a ficar feliz desde as três.

a cem mil outras. Mas eu fiz amizade com ela, e ela é agora única no mundo.

E as rosas ficaram bem constrangidas.

— Vocês são bonitas, mas são vazias — ele disse ainda. — Não se pode morrer por vocês. É claro que, a minha rosa, um transeunte comum poderia achá-la parecida com vocês. Mas ela em si é mais importante que vocês todas, porque foi ela que eu reguei. Porque foi ela que eu coloquei debaixo de uma redoma. Porque foi ela que eu abriguei com o biombo. Porque foi dela que eu matei as lagartas, exceto duas ou três, para as borboletas. Porque foi ela que eu escutei se lamentar ou se vangloriar ou mesmo, algumas vezes, calar-se. Porque é a minha rosa.

E ele voltou até a raposa:

— Adeus — disse ele...

— Adeus — disse a raposa. — Aqui está o meu segredo. É muito simples: só vemos bem com o coração. O essencial é invisível aos olhos.

— O essencial é invisível aos olhos — repetiu o pequeno príncipe, para se lembrar.

— Foi o tempo que você dedicou à sua rosa que fez dela tão importante.

— Foi o tempo que eu dediquei à minha rosa... — disse o pequeno príncipe, para se lembrar.

— Os homens esqueceram essa verdade — disse a raposa. — Mas você não deve se esquecer dela. Você se torna para sempre responsável por aquilo que cativou. Você é responsável pela sua rosa...

— Sou responsável pela minha rosa... — repetiu o pequeno príncipe, para se lembrar.

22

— Bom dia — disse o pequeno príncipe.

— Bom dia — disse o guarda-chaves.

— O que você faz aqui? — perguntou o pequeno príncipe.

— Faço a triagem dos passageiros, em grupos de mil — disse o guarda-chaves. — Eu despacho os trens que os levam, ora para a direita, ora para a esquerda.

E um expresso iluminado, num estrondo de trovão, fez tremer a cabine de controle.

— Eles estão bem apressados — disse o pequeno príncipe. — O que estão procurando?

— O homem da locomotiva também não sabe — disse o guarda-chaves.

E estrondou, no sentido inverso, um segundo expresso iluminado.

— Eles já estão voltando? — perguntou o pequeno príncipe...

— Não são os mesmos — explicou o guarda-chaves. — É uma baldeação.

— Eles não estavam contentes, lá onde estavam?

— Nunca estamos contentes onde estamos — disse o guarda-chaves.

E estrondou o trovão de um terceiro expresso iluminado.

— Eles seguem os primeiros passageiros? — perguntou o pequeno príncipe.

— Eles não seguem nada — disse o guarda-chaves. — Eles dormem lá dentro ou então bocejam. Só as crianças esmagam o nariz na janela.

— Só as crianças sabem o que procuram — disse o pequeno príncipe. — Elas dedicam seu tempo a uma boneca de trapos, que se torna muito importante, e se a tiramos delas, elas choram...

— Elas têm sorte — disse o guarda-chaves.

23

— Bom dia — disse o pequeno príncipe.

— Bom dia — disse o vendedor.

Era um vendedor de pílulas aperfeiçoadas, que saciavam a sede. Toma-se uma por semana e não se sente mais necessidade de beber água.

— Por que você vende essas pílulas? — perguntou o pequeno príncipe.

— É uma grande economia de tempo — disse o vendedor. — Os peritos fizeram os cálculos. Assim se economizam cinquenta e três minutos por semana.

— E o que se faz com esses cinquenta e três minutos?

— O que quiser...

O pequeno príncipe pensou: "Se eu tivesse cinquenta e três minutos para gastar, caminharia calmamente em direção a uma fonte..."

24

Estávamos no oitavo dia da pane no deserto, e eu tinha ouvido a história do vendedor, bebendo a última gota do meu estoque de água:

— Ah! — eu disse ao pequeno príncipe. — As suas lembranças são muito bonitas, mas ainda não consertei meu avião, não tenho mais nada para beber, ficaria feliz também se eu pudesse caminhar bem calmamente em direção a uma fonte!

— Minha amiga raposa — ele me disse...

— Meu homenzinho, não se trata mais da raposa!

— Por quê?

— Porque vamos morrer de sede...

Ele não entendeu meu raciocínio e me respondeu:

— É bom ter tido um amigo, mesmo se vamos morrer. Eu estou bem contente de ter tido uma amiga raposa...

"Ele não tem dimensão do perigo", pensei. "Ele nunca tem fome nem sede. Um pouco de sol lhe basta..."

Mas ele olhou para mim e respondeu ao meu pensamento:

— Também sinto sede... Vamos procurar um poço...

Fiz um gesto de cansaço: é absurdo procurar um poço, ao acaso, na imensidão do deserto. No entanto, colocamo-nos em marcha.

Depois de caminharmos por horas, em silêncio, a noite caiu e as estrelas começaram a clarear. Eu as percebi como num sonho, um pouco febril, por causa da sede. As palavras do pequeno príncipe dançavam na minha memória:

— Então você também sente sede? — eu lhe perguntei.

Mas ele não respondeu à minha pergunta. Ele simplesmente me disse:

— A água também pode ser boa para o coração...

Não entendi a sua resposta, mas me calei... Eu sabia que não valia a pena interrogá-lo.

Ele estava cansado e se sentou. Eu me sentei ao lado dele. E, após um silêncio, ele disse ainda:

— As estrelas são bonitas, graças a uma flor que não vemos...

Respondi "é claro" e olhei, sem falar, as dobras da areia sob a lua.

— O deserto é bonito — ele acrescentou.

E é verdade. Sempre gostei do deserto. Senta-se numa duna de areia. Não se vê nada. Não se ouve nada. E, no entanto, alguma coisa irradia em silêncio.

— O que torna o deserto mais belo — disse o pequeno príncipe — é que ele esconde um poço em algum lugar...

Fiquei surpreso por compreender de repente essa misteriosa irradiação da areia. Quando eu era pequeno, morava numa casa antiga, e rezava a lenda que um tesouro estava ali escondido. É claro que nunca ninguém conseguiu descobri-lo, nem, talvez, o tenha procurado. Mas ele encantava completamente essa casa. Minha casa escondia um segredo no fundo do seu coração...

— Sim — disse ao pequeno príncipe —, que se trate da casa, das estrelas ou do deserto, o que os torna belos é invisível!

— Estou feliz — ele disse — que você concorde com a minha raposa.

Como o pequeno príncipe adormecia, eu o tomei nos braços e voltei a caminhar. Fiquei emocionado. Ele parecia conter um tesouro frágil. Parecia até que nada havia de mais frágil na face da Terra. Eu olhava, à luz da lua, essa fronte pálida, esses olhos fechados, essas mechas de cabelo que balançavam ao vento e pensava: "O que vejo aqui é apenas uma casca. O mais importante é invisível...".

Como seus lábios entreabertos esboçavam um meio sorriso, pensei ainda: "O que me comove mais ainda nesse pequeno príncipe adormecido é sua fidelidade a uma flor, é a imagem de uma rosa que irradia nele como a luz de uma lamparina, mesmo quando está dormindo...". E eu o achava mais frágil ainda. É preciso proteger bem as lamparinas: uma rajada de vento pode apagá-las...

E caminhando assim, descobri o poço ao nascer do dia.

25

— Os homens — disse o pequeno príncipe — enfurnam-se nos expressos, mas não sabem mais o que procuram. Então eles se agitam e andam em círculos...

E ele acrescentou:

— Não vale a pena...

O poço que nós tínhamos alcançado não se parecia com os poços do Saara. Os poços do Saara são simples buracos cavados na areia. Este se assemelhava a um poço de vilarejo. Mas não havia nenhum vilarejo, e eu pensava que estava sonhando.

— É estranho — eu disse ao pequeno príncipe —, está tudo pronto: a roldana, o balde e a corda...

Ele sorriu, tocou a corda, fez a roldana funcionar.

E a roldana gemeu como geme um velho cata-vento quando o vento dormiu por muito tempo.

— Você está ouvindo — disse o pequeno príncipe —, nós acordamos este poço e ele canta...

Eu não queria que ele fizesse esse esforço:

— Deixe-me fazer — eu lhe disse —, é muito pesado para você.

Lentamente, levantei o balde até a beira do poço e o instalei bem perpendicularmente. Nos meus ouvidos, ecoava o canto da roldana e, na água que ainda tremia, eu via tremer o sol.

— Estou sedento dessa água — disse o pequeno príncipe. — Deixe-me beber...

E entendi o que ele tinha procurado!

Levantei o balde até os seus lábios. Ele bebeu de olhos fechados. Era doce como uma festa. Essa água era muito diferente de um alimento. Era nascida de uma caminhada sob as estrelas, do canto das roldanas, da força dos meus braços. Era boa para o coração, como um presente. Quando eu era criança, a luz da árvore de Natal, a música da missa da meia-noite, a doçura dos sorrisos faziam, assim, todo o brilho do presente de Natal que eu recebia.

— Os homens da sua terra — disse o pequeno príncipe — cultivam cinco mil rosas num mesmo jardim... e eles não encontram o que procuram...

— Eles não encontram — respondi.

— E, no entanto, o que eles procuram poderia ser encontrado numa única rosa ou num pouco d'água...

— Claro — respondi.

E o pequeno príncipe acrescentou:

— Mas os olhos são cegos. É preciso procurar com o coração.

Eu tinha bebido. E respirava bem. A areia, ao nascer do dia, é cor de mel. Estava feliz também por essa cor de mel. Por que era preciso que eu ficasse triste?

— Você precisa manter sua promessa — disse calmamente o pequeno príncipe, sentando-se de novo perto de mim.

— Qual promessa?

— Você sabe... uma focinheira para meu carneiro... sou responsável por essa flor!

Tirei do bolso meus esboços de desenho. O pequeno príncipe os percebeu e disse rindo:

Ele sorriu, tocou a corda, fez a roldana funcionar.

– Os seus baobás se parecem um pouco com uma couve...

– Oh!

Justo eu, que estava tão orgulhoso dos meus baobás!

– A sua raposa... as orelhas dela... parecem um pouco com chifres... e são longas demais!

Ele riu mais ainda.

– Você é injusto, homenzinho, eu não sabia desenhar mais nada além de jiboias fechadas e jiboias abertas.

– Oh! Está bem – disse ele –, as crianças sabem.

Esbocei a lápis, então, uma focinheira. Fiquei com o coração apertado ao entregá-la:

– Você tem planos que eu desconheço...

Mas ele não me respondeu. Ele me disse:

– Você sabe, minha queda na Terra... amanhã faz aniversário...

Após um silêncio, ele ainda disse:

– Caí muito perto daqui...

Ele ficou vermelho.

E, de novo, sem entender o porquê, senti uma tristeza bem estranha. No entanto, uma pergunta me veio:

– Então não foi por acaso que, na manhã em que o conheci, há oito dias, você passeava assim, sozinho, a mil milhas de qualquer região habitada! Você voltava para o ponto da sua queda?

O pequeno príncipe ficou ainda mais vermelho.

E acrescentei, hesitante:

– Talvez por causa do aniversário?...

O PEQUENO PRÍNCIPE

O pequeno príncipe ficou vermelho de novo. Ele nunca respondia às perguntas, mas, quando a gente fica vermelho, isso significa que "sim", não é?

— Ah! — eu lhe disse. — Estou com medo...

Mas ele me respondeu:

— Agora você tem que trabalhar. Você tem que partir com a sua máquina. Espero você aqui. Volte amanhã à noite...

Mas eu não estava seguro. Eu me lembrava claramente da raposa. Corremos o risco de chorar um pouco, se nos deixamos cativar...

26

Ao lado do poço, havia a ruína de uma velha parede de pedra. Assim que voltei de meu trabalho, na noite seguinte, notei de longe o pequeno príncipe sentado no alto, com as pernas soltas. E eu o ouvi falando:

— Então você não se lembra? — ele dizia. — Não é bem aqui!

Uma outra voz lhe respondeu, sem dúvida, pois ele replicou:

— Sim! Sim! É hoje mesmo, mas o lugar não é aqui...

Continuei minha caminhada até a parede. Eu não via nem ouvia ninguém. No entanto, o pequeno príncipe replicou de novo:

— ...É claro... Você verá onde começa meu caminho de areia. É só me esperar. Estarei lá esta noite.

Eu estava a vinte metros da parede e continuava não vendo nada.

O pequeno príncipe disse ainda, após um silêncio:

— Você tem bom veneno? Tem certeza de que não vai me fazer sofrer por muito tempo?

Parei, com o coração apertado, sem entender nada ainda.

— Agora vá embora — ele disse —, quero descer!

Então, eu mesmo baixei os olhos para o pé do muro e dei um salto! Ela estava lá, na direção do pequeno príncipe, uma dessas serpentes amarelas que nos matam em questão de segundos. Revirando o bolso para sacar meu revólver, aumentei o passo, mas, com o barulho que fiz, a serpente se deixou correr tranquilamente pela areia, como um jato d'água que se esgota e, sem se apressar muito, insinuou-se entre as pedras com um leve som metálico.

Cheguei até a parede, justo a tempo de receber nos braços meu principezinho, pálido como a neve.

— Que história é essa? Agora você fala com as serpentes!

Eu tinha desfeito seu eterno cachecol dourado.

Molhei suas têmporas e o fiz beber.

— Agora vá embora — ele disse —, quero descer!

E então não ousava perguntar mais nada. Ele me olhou com gravidade e me abraçou o pescoço. Senti seu coração bater como o de um pássaro que morre, quando atingido por um tiro de espingarda. Ele me disse:

— Estou feliz que tenha encontrado o que faltava na sua máquina. Você vai poder voltar para casa...

— Como você sabe?

Eu estava indo justamente lhe anunciar que, contrariando qualquer expectativa, eu tinha conseguido concluir meu trabalho!

Ele não respondeu à minha pergunta, mas acrescentou:

— Hoje eu também vou voltar para casa...

Depois, melancólico:

— É bem mais longe... é bem mais difícil...

Eu sentia mesmo que se passava alguma coisa extraordinária. Apertei-o nos braços como uma criancinha e, no entanto, parecia-me que ele caía verticalmente num abismo, sem que eu pudesse fazer algo para detê-lo.

Ele tinha o olhar sério, perdido, muito longe:

— Já tenho o seu carneiro. E a caixa para o carneiro. E tenho a focinheira...

E ele sorriu com tristeza.

Esperei por algum tempo. Sentia que ele se esquentava pouco a pouco:

— Homenzinho, você ficou com medo...

Ele sentiu medo, claro! Mas riu docemente:

— Vou ter muito mais medo esta noite...

De novo, gelei com o sentimento do irreparável. E percebi que não suportava a ideia de nunca mais ouvir esse riso. Era para mim como uma fonte no deserto.

— Homenzinho, quero ouvir você rir de novo...

Mas ele me disse:

— Nesta noite, vai fazer um ano. Minha estrela ficará bem em cima do lugar em que eu caí no ano passado...

— Homenzinho, você não acha que essa história de serpente, de encontro e de estrela é um sonho ruim?

Mas ele não respondeu à minha pergunta e me disse:

— O que é importante não se vê...

— É claro...

— Acontece o mesmo com a flor. Se você gosta de uma flor que se encontra numa estrela, é bom, à noite, olhar o céu. Todas as estrelas são floridas.

— É claro...

— Acontece o mesmo com a água. A que você me deu para beber era como uma música, por causa da roldana e da corda... você se lembra... era boa.

— É claro...

— Você vai ver, à noite, as estrelas. Minha terra é pequena demais para eu lhe mostrar onde fica. Assim é melhor. Minha estrela será para você uma das estrelas. Então, você gostará de olhar todas as estrelas... Todas elas serão suas amigas. E depois eu vou lhe dar um presente...

Ele riu de novo.

— Ah, meu homenzinho, meu homenzinho, eu gosto de ouvir esse riso!

— Justamente, esse será o meu presente... será como a água...

— O que quer dizer?

— As pessoas têm estrelas que não são as mesmas. Para os que viajam, as estrelas são guias. Para outros, elas não passam de luzinhas. Para outros, que são sábios, elas são incógnitas. Para meu homem de negócios, eram ouro. Mas todas essas estrelas se calam. Você terá estrelas como ninguém...

— O que quer dizer?

— Quando você olhar para o céu, à noite, como eu irei morar numa delas, como eu vou rir numa delas, então, para você, será como se rissem todas as estrelas. Você terá estrelas que sabem rir!

E ele riu de novo.

— E quando estiver conformado (sempre nos conformamos), você ficará contente por ter me conhecido. Você sempre será meu amigo. Sentirá vontade de rir comigo. E às vezes você abrirá a sua janela, assim, por gosto... E os seus amigos ficarão bem surpresos por vê-lo rir olhando para o céu. Então você dirá a eles: "Sim, as estrelas, elas sempre me fazem rir!". E eles vão achar que você é louco. Eu irei pregar uma bela peça em você...

E ele riu de novo.

— Será como se eu tivesse lhe dado, em vez de estrelas, um monte de guizos que sabem rir...

E ele riu de novo. Depois voltou a ficar sério:

— Nesta noite... você sabe... não venha.

— Eu não deixarei você.

— Vou ficar parecendo doente... parecerá que irei morrer. É assim. Não venha ver isso, não vale a pena...

— Eu não deixarei você.

Mas ele ficou na dúvida.

— Eu lhe digo isso... também por causa da serpente. Não é preciso que ela morda você... As serpentes são maldosas. Podem morder por prazer...

— Eu não deixarei você.

Mas alguma coisa o encorajou:

— É verdade que elas não têm veneno para uma segunda mordida...

Nessa noite, eu não o vi pegar a estrada. Ele escapou sem ruído. Quando consegui encontrá-lo, ele caminhava decidido, com um passo rápido. Ele apenas me disse:

— Ah, você está aí...

E ele me tomou pela mão. Mas ele se preocupou ainda:

— Você não fez bem, você irá sofrer. Eu vou ficar parecendo morto e não será verdade...

Eu fiquei calado.

— Você entende. É muito longe. Não posso carregar este corpo. É muito pesado.

Eu não disse nada.

— Será como uma velha casca abandonada. Não são tristes as velhas cascas...

Eu fiquei calado.

Ele perdeu um pouco da coragem. Mas fez ainda um esforço:

— Vai ser bom, você sabe. Eu também verei as estrelas. Todas as estrelas serão poços com uma roldana enferrujada. Todas as estrelas me darão o que beber...

Eu fiquei calado.

— Será tão divertido! Você terá quinhentos milhões de guizos, eu terei quinhentos milhões de fontes...

E ele se calou também, porque estava chorando.

— É aqui. Deixe-me andar sozinho.

E ele se sentou, pois estava com medo. Ele disse ainda:

— Sabe... a minha flor... eu sou responsável por ela! E ela é tão frágil! Tão ingênua. Ela tem quatro espinhos de nada para se proteger contra o mundo...

Eu me sentei, pois não conseguia mais ficar em pé. Ele disse:

– Aqui está... Isso é tudo...

Ele ainda hesitou um pouco, depois se levantou. Deu um passo. Eu não podia me mexer.

Houve só um clarão amarelo perto do seu tornozelo. Ele ficou imóvel por um instante. Não gritou. Caiu lentamente, como cai uma árvore. Isso não fez sequer um barulho, por causa da areia.

27

E agora, é claro, já faz seis anos... Eu nunca tinha contado essa história. Os colegas que me viram ficaram bem contentes de me reencontrar. Eu estava triste, mas lhes dizia: "É o cansaço...".

Agora estou um pouco conformado. Isto é... não de todo. Mas sei que ele voltou para o planeta dele, pois, ao nascer do dia, não encontrei seu corpo. Não era um corpo tão pesado... E eu gosto de, à noite, ouvir as estrelas. É como quinhentos milhões de guizos...

Mas eis que se passa algo extraordinário. Na focinheira que desenhei para o pequeno príncipe, esqueci de acrescentar a corrente de couro! Ele nunca teria conseguido prendê-la no carneiro. Então me pergunto: "O que aconteceu no seu planeta? Talvez o carneiro tenha comido a flor...".

Logo penso: "É certo que não! O pequeno príncipe guarda sua flor, todas as noites, sob uma redoma de vidro, e ele vigia bem o seu carneiro...".

Então estou feliz. E todas as estrelas riem docemente.

Logo penso: "Distraímo-nos uma vez ou outra e isso basta! Ele esqueceu, certa noite, a redoma de vidro, ou o carneiro saiu, sem ruído, durante a noite...". Então os guizos se transformaram em lágrimas!...

Aí está um grande mistério. Para você que, como eu, também gosta do pequeno príncipe, nada mais no universo é igual se, em algum lugar, não sabemos onde, um carneiro que não conhecemos comeu ou não uma rosa...

Veja o céu. Pergunte-se: "O carneiro comeu ou não a flor?". E você verá como tudo muda...

E nenhum adulto jamais conseguirá entender que isso tem tamanha importância!

Caiu lentamente, como cai uma árvore.

Esta é, para mim, a mais bela e a mais triste paisagem do mundo. É a mesma paisagem da página anterior, mas eu a desenhei mais uma vez para mostrá-la melhor. Foi aqui que o pequeno príncipe apareceu na Terra e depois desapareceu.

Olhe atentamente esta paisagem, a fim de estar certo de reconhecê-la, se um dia viajar para a África, no deserto. E se acontecer de passar por lá, eu lhe suplico, não se apresse, espere um pouco bem embaixo da estrela! Se então uma criança vier até você, se ela rir, se ela tiver cabelos dourados, se ela não responder quando perguntar, você já adivinhará quem é. Então seja gentil! Não me deixe tão triste: escreva-me logo que ele voltou...